−+

이옥용 청소년 시집

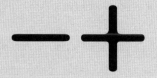

도토리숲

시인의 말

"고개를 조금만 돌려 봐!"

...

이옥용

인간은 우주에 비하면 그 크기가 먼지 알갱이보다 작겠지만, '소우주'라고 불린다. 인간의 상상력으로 가늠할 수 없을 정도로 광대하고 광활한 우주의 주성분 원소와 인간의 주성분 원소가 똑같이 수소이기 때문이라고 한다. 또한 인간은 구조적인 측면에서도 '소우주'라고 한다. 별, 수없이 많은 별들이 모인 은하계, 그리고 수없이 많은 은하계가 모인 우주, 이 셋의 구조적인 관계가 원자, 수없이 많은 원자가 모인 세포, 그리고 수없이 많은 세포가 모인 인간, 이 셋의 구조적인 관계에서도 그대로 적용되기 때문이라는 것이다.

나도, 너도, 그도 모두 소우주란다! 눈앞에 놓인 이런저런 일에

끌려 하늘 보는 일이 적은 내게 그 말은 '당신은 우주회 회원입니다. 가입을 축하드립니다!'라고 적힌 회원증을 두 손에 받아 든 듯한 기분이 들게 했다. (우주회 회원증은 특별하지 않을까? 회원 가입을 알리는 무엇인가가 번쩍거리며 내 눈앞에 나타났다 순식간에 사라진다거나 비몽사몽간에 내게 메시지를 알리지 않을까?) 소우주. 그렇다면 그 안에 있을 수많은 은하계, 그리고 은하계 안에 있을 수많은 별들, 그리고 그 별들 주위에 있을 수많은 이웃들(행성, 위성, 소행성…)을 우리 개개인은 모두 갖고 있는 게 아닐까? 아침에 눈을 떠서 그날 해야 할 일들을 힘겹게 해 내고, 피곤한 마음과 몸으로 귀가한 뒤 그날의 남은 일을 마저 하고, 내일의 일을 준비하는 우리의 모습을 우리보다 훨씬 더 선명하게 바라볼 수 있는 어느 존재가 지구 밖 어느 곳에 있다면? 그리고 그 존재에게는 우리 한 사람 한 사람이, 그리고 지구에 존재했던 모든 것들과 현재 지구에 존재하는 모든 것이 각기 다른 소우주로 보인다면?

상상해 본다. 어느 날, 지구 밖 그 존재는 지구를 발견하고 자신의 독특한 눈으로 바라보기 시작했다. 그의 눈에 어느 아름다운 섬이 들어왔다. 그리고 향긋하고 탐스러운 커다란 과일들이 주렁주렁 열린 나무 밑에서 만족스러운 표정으로 과일 맛을 보는 도도*가 보였다. 도도는 이웃 새들과 즐겁게 이야기를 나누고, 근심 걱정도 없고, 의심이라고는 조금도 할 줄 모르고, 호기심이 많았다. 그곳에는 이럴 때는 이렇게 해라, 저럴 때는 저렇게 해라, 하고 일러 주는 지침서가 없었다. 하루 전체가 도도의 흐뭇하고 뿌듯하고 즐거운 마음으로 오롯이 가득 차 있었다. 지구 밖 존재는 흐뭇한 웃음을 지었다. 그리고 이렇게 중얼거렸다.

"멋지다!"

지구 밖 존재는 자기도 그렇게 해 보려고 마음먹고 고개를 돌리다가 문득 도도의 문패에 시선이 가닿았다.

'도도'.

지구 밖 존재가 중얼거렸다.

"도도? 이름도 재밌네!"

문패를 물끄러미 바라보자, 문패가 스르르 커지면서 어떤 누군가 야릇한 웃음을 지으며 나타났다. 그 누군가는 조롱 섞인 눈초리로 도도를 바라보며 외쳤다.

"넌 덩치만 컸지 아무짝에도 쓸모가 없어. 맛도 없지, 알도 한

---

* '도도새'라고도 불리는 도도(dodo)는 마다가스카르 농쪽의 모리셔스 섬에서 살았던 조류로 현재는 멸종되었다. 몸의 길이는 80~100센티, 무게는 약 25킬로로 추정된다. 천적이 없어 날아다닐 필요가 없던 도도는 날개가 퇴화했는데, 1507년 포르투갈 인들에 의해 발견된 후, 인간과 인간이 들여온 동물들에 의해 포획되었다. 포르투갈 인들이 바보라는 뜻을 지닌 '도도'라는 이름을 붙여 준 뒤, 180년 만에 멸종되었다.

개밖에 못 낳지. 못생겼지. 날지도 못하지. 또 우리가 널 없애 버리는 것도 모르고 쪼르르 달려와 빤히 바라보지. 넌 한 마디로 바보다, 바보! 도도라고!"

문패에 나타났던 장면이 스르르 사라지자, 지구상의 수많은 새들이 인간들의 입으로 한없이 빨려 들어가는 장면이 나타났다. 그뿐이 아니었다. 지구상의 수많은 포유류 또한 인간들의 입으로 쉼 없이 빨려 들어가고 있었다. 새들이 외쳤다.

"조류의 70%가 인간들의 입으로 들어간다! 인간들은 먹는 기계다!"

포유동물들도 외쳤다.

"포유류의 90%*가 인간들의 입으로 들어간다! 인간들은 사자보다 더 사자다! 돼지보다 더 돼지다!"

조류와 포유류가 일제히 외쳤다.

"유식하고 멋진 말을 만들어 내는 너희 인간들! 민주주의, 자유, 보편성, 박애 정신, 사랑, 자비, 구원, 참회, 기도…. 너희는 입이 두 개지? 얼굴에 한 개, 보이지 않는 곳에 또 한 개!"

지구 밖 존재는 소스라치게 놀랐다. 한없이 평화롭고 스스로 즐거움을 만들며 살아가는 도도를 바보라고 부른 것도 놀라웠고,

---

* 현재 인간은 지구상에 있는 조류의 70%와 포유류의 90%을 먹는다고 한다.

그 많은 조류와 포유류가 인간의 입속으로 휙휙휙 빨려 들어가는 것도 놀라웠다. 인간들이란 도도와는 비교가 되지 않을 정도로 뛰어난 능력을 지니고, 엄청나게 거대한 생명체일 것 같았다. 지구 밖 존재는 얼른 인간 소우주를 들여다보았다. 그 소우주를 뚫어지게 바라본 지구 밖 존재의 고개가 점점 더 갸울어졌다. 인간의 표정은 도도처럼 평화롭지도 호기심이 가득하지도 않았다. 그리고 조류와 포유류를 그토록 많이 먹을 것 같지도 않았다. 체구가 별로 크지 않았기 때문이다. 지구 밖 존재의 눈이 휘둥그레졌다. 인간은 도도와는 달리, 아침부터 잠자리에 들 때까지 분주하게 움직였다. 그리고 매우 독특한 자를 자나깨나 지니고 다녔다. 혼자 있을 때도 다른 사람들과 함께 있을 때도, 또 누군가를 바라볼 때도 그 투명한 자는 저절로 튀어나와 자 주인의 모든 것과 다른 사람들의 모든 것을 열심히 쟀다. 눈썹 길이와 각도, 코의 높이, 키, 마음과 생각, 하고 있는 일, 집의 높이와 면적뿐만 아니라 과거와 미래까지도 일일이 쟀다. 임무를 마친 투명자는 곧바로 원래의 자리로 돌아오고, 그때그때 재어진 숫자는 자 주인의 머릿속에 차곡차곡 저장되었다. 자 주인은 어떨 때는 얼굴 가득 함박웃음을 짓고, 또 어떨 때는 한없이 우울한 표정을 지었다.

그 사람은 심지어 잠을 잘 때도 그 독특한 자를 꼭 움켜쥐고 있었다. 꿈속에서도 자신과 남들을 재고, 재고, 또 쟀다. 지구 밖 존재가 고개를 절레절레 저으며 중얼거렸다.

"보이지도 않는 저 자가 저 사람의 주인인가? 자신이 갖고 있는 저 수많은 아름다운 별들을 왜 돌아보지 않는 거지? 자신이 소우주라는 사실을 모르나? 고개를 조금만 돌려 봐! 아주 조금만이라도! 찬란한 별들이 보일 거야!"

지구 밖 존재는 안타까운 마음에 깊이 잠든 그 사람의 귓불을 살살 건드렸다. 그 사람은 손에 움켜쥐고 있던 자로 자신의 귓불을 찰싹 때리며 잠꼬대를 했다.

"더 높이 올라가야 해! 더 높은 점수를, 더 높은 성과를 얻어야 해!"

그 사람은 꿈속에서 그 독특한 자를 마구 휘둘렀다. 그러고는 종이쪽지에 적힌 정답을 달달달 외우기 시작했다. 더 높이 올라가는 비법이 적혀 있는 정답을, 더 많이 행복해지는 비법이 적혀 있는 정답을.

바삭바삭 노릇노릇 잘 튀겨진 닭다리를 아귀아귀 먹으며 지구 밖 누군가를 상상하던 나는 토실토실한 닭다리를 접시에 슬며시 내려놓고 내가 사용하던 이런저런 자들을 떠올렸다. 사회에서 통용되는 몇 개의 자로, 그 척도로 나를 재고, 나 이외의 대상들을 쟀다. 겉으로 드러난 것들과, 성과와 업적을 재는 자들로 우리 안에만 있을, 아직은 그 모습을 드러내지 않은, 우리가 미처 알아내지 못한 그 수많은 별들을 측정할 수 있을까? 우리 안에 있는 그 수많은 별들이, 수많은 '나'들이 각각의 목소리로 지금 아우성치고 있는 것은 아닐까? 그 별들 중 어떤 별들은 우리가 자신들을 정겹게 들여다보는 그 순간을 간절히 기다리고 있지 않을까?

하루가 다르게 급변하는 요즈음, 그리고 끊임없이 경쟁하고 그때그때 결과물을 내어서 스스로를 가치 있는 존재로 증명해야 하는 요즈음, 당면한 과제물에서 시선을 돌려 전혀 가늠할 수 없는 내면의 별들을 탐색한다는 것은 부적절하고 무의미해 보일 수도 있을 것이다. 또한 마침내 우리 안의 별들을 발견했다 할지라도 그 별들이 과연 의미가 있는지, 또 얼마나 밝고 큰지 궁금해 지금껏 우리에게 익숙했던 자들을 또다시 꺼내 재고 싶어질 수도 있을 것이다. 그리고 그럴 듯한 결과물이 나오리라는 확신이 들지 않아 좌절의 순간을 대면할 수도 있을 것이다. 그럴 때는 행복해지는 비법(?)을 다룬 수많은 책들이 화사한 웃음을 지으며 손짓을 할지도 모른다. 하지만 그러한 좌절의 순간에 지팡이나 스틱을 떠올리면 어떨까? 그 도구들은 우리의 손이 그것들을 이동시켜야 비로소 우리의 다리가 움직이도록 돕는다.

도도가 자신의 소우주에서 '도도'라고 적힌 문패를 떼어 내고 새로운 문패를 단다. 그 문패엔 '나!'라고 적혀 있다. 도도가 중얼거린다.

"나를 바보라고 놀렸지? 하하하! 그래서 내가 너희 똑똑이들이 만든 만화를 열심히 봤어. 그런 걸 독학이라고 한다지? 근데 너희들이야말로 바보 같아. 도도! 잿빛 하늘, 녹색 바다, 까만 바다, 물난리, 가뭄, 전쟁, 시기질투, 증오, 욕심……. 그런 것들을 이 세상에서 가장 잘한다지? 한때 왕바보였던 도도가 충고 하나 해도 될까? 지금이라도 늦지 않았어. 내 아름다운 별에서 보이는 너희 소우주들. 고개를 돌려. 아주 조금만 돌려도 돼. 그리고 너희 안에 있는 아름다운 별들을 들여다 봐. 그런 걸 안 하면… 뭐라더라? 아, 생각났다! '자아에 대한 직무 유기'. 그 말 들어 봤지? 여기까지!"

자기 확신에 차 있고 행복해 보이는 도도를 바라보다가 문득 독일 시인 하이네*가 한 말이 떠오른다.

"우리 안에는 별들이 있다. 우리를 행복하게 해 주는 별들이."

그렇다. 손쉽게 꺼내 나와 너와 그를 재고, 재고, 또 재던 몇몇의 자를 옆으로 밀어놓고 자신만의 스틱 두 개를 벗 삼아 우리 안에 있는 별들을 향해 한 걸음 한 걸음 나아가면 어떨까?

혹시 소우주, 도도, 개개의 인간이 사는 소우주, 우리 안에 있는 별들로 이어진 '시인의 말'이 별처럼 아득히 먼 세상 이야기처럼 들린 건 아니었을까, 하는 노파심이 든다. 학업 외 여러 가지

스트레스를 받는 청소년 독자들에게 나는 이런 말을 전하고 싶었다. 우리는 모두 우주의 한 부분인 소우주라는 것을. 그리고 그 안에는 엄청난 미지의 별들이 있다는 것을. 달달달 외워서 높은 성적을 얻든 그렇지 않든 우리는 우리가 미처 모르는 수많은 찬란한 별들을 우리 안에 갖고 있다는 것을. 그러한 사실을 잊지 않는다면, 언젠가 우리는 그 별들을 만나 진정한 행복에 이를 수 있으리라는 것을. 그렇게 되면, 우리의 겉모습과 능력, 그리고 그 외의 많은 것들을 숫자로 일일이 재곤 하던 여러 가지 자들을 마음 가볍게 옆으로 밀어 놓을 수도 있으리라는 것을.

---

* Heinrich Heine(1797~1856). 가난한 유대인 가정에서 성장한 그는 은행가인 숙부의 도움으로 법학을 공부하고 안정된 직업을 얻으려 했으나, 반유대 정서와 이듬해 출간된 《여행 화첩》에 대한 보수 인사들의 적대감으로 좌절한 뒤, 작가의 길을 선택했다. 문학적 재능이 있었던 그는 1827년에 『로렐라이』, 『노래의 날개 위에』 따위의 시편이 실린 《노래의 책》을 출간했다. 민중의 해방을 화두로 삼고, 프랑스의 7월 혁명에 크게 감화된 그는 자신을 포함한 진보적 지식인들에 대한 탄압이 거세지자, 1831년 프랑스 파리로 망명했다. 그는 독일의 아우크스부어크 일간지의 통신원으로 일하면서 독일의 신문, 잡지에는 프랑스의 정세와 실상을 전하는 기사를 보내고, 프랑스의 신문, 잡지에는 독일의 철학, 문학, 종교를 소개하는 기사를 기고했다. 그는 봉건 체제에 대항하는 투쟁을, 그리고 왜곡된 혁명 운동의 편협함에 대한 비판을 멈추지 않았다. 척수 결핵으로 8년 동안 투병 생활을 하면서도 그는 시 창작과 사회에 대한 비판적인 시선을 멈추지 않았다. 그는 시집 《노래의 책》,《신시집新詩集》,《독일, 겨울 이야기》,《로만체로》 외에 기행문과 비평문을 남겼다.

차례

2부 | 밥통과 장미

1부

제비꽃

아무도

안 봐줘도

주인공은

나

제!비!꽃!

동화 속 공주

용을 물리치고
괴물로 변한 공주를 구한 왕자.
둘은 행복하게 살았대요.

이 공주는……
나처럼 학원 안 갔겠지?
　　부럽다!
울엄마처럼 맞벌이 안 했겠지?
밥도 설거지도 청소도 빨래도…
　　부럽다!
울할머니처럼 늙지도 않았겠지?
　　부럽다!
울증조할머니처럼 죽지도 않았겠지?
　　부럽다!
가만, 그러면 이 공주는 방부제 공주?
아, 하나도 안 부럽다!

정면도전

정면을 바라봐!

면밀하게 계획 세워질 때까지 기다리지 말고.

도레미파솔라시도 쭉쭉쭉 이어지지 않아도

전진! 전진! 할 수 있어

으랏차차아자아자파이팅

정면도전!

오늘의 마법 주문

할 거야, 꼭!

잘하게 돼 있어

하자!

오늘들

일주일 뒤 계획
일 년 뒤 계획
십 년 뒤 계획
50년 뒤 계획

그 사람은 늘 미래를 바라봤어.
늘 항상 언제나.
오늘이 외쳤어.
"나도 좀 봐!
예뻐해줘!"
그 사람이 대꾸했어.
"미래를 설계해야 돼."
어제의 오늘이
일주일 전의 오늘이
십 년 전의 오늘이
그리고 그전의 오늘이

한자리에 모였어.

"이름이 뭐니?"

서로 이름을 물었어.

"오늘!"

모두 이름이 같았지.

하지만 그 사람은 그 모든 걸

'과거'라고 불렀어.

오로지 내일을 향해

일주일 뒤를 향해

십 년 뒤를 향해

50년 뒤를 향해

나아갔지.

늘 항상 언제나.

과거가 되어버린

오늘들은 그 사람을 떠났어.

그 사람의 머릿속에

과거는 하나도 남아 있지 않았어.

계획서를 쓸 때 그 사람은

자기 이름이 떠오르지 않았어.

이름은 과거에 지어진 거잖아.

그 사람은 이름칸에 이렇게 썼어.

"미래오로지미래"

넌 어느 쪽이니?

이 세상엔
두 부류의 사람이 있대

뉴스 만드는 사람
뉴스 듣는 사람

뉴스 믿는 사람
뉴스 의심하는 사람

뉴스 베끼는 사람
뉴스 버리는 사람

뉴스 만드는 사람
뉴스 없애는 사람

뉴스 불리는 사람
뉴스 줄이는 사람

뉴스에 마술을 거는 사람
뉴스에 현미경을 대는 사람

넌 어느 쪽이니?

관점

창살에 갇힌 사자가 중얼거렸어

난 혼자 이곳 쓰는데

저 창살 안엔 저렇게 많이 사네!

원숭이, 공작, 곰, 풍선, 참새, 까치, 사람들

얼마나 갑갑할까?

동물원 위를 날던 참새가 외쳤어

땅바닥에서 사는 저 많은……

얼마나 갑갑할까?

화장실

가는

절박감으로

꿈꿔봤니?

‥다면

소크라테스가
석가모니가
공자가
세종대왕이
이순신 장군이
산타할아버지가
칸트가
베토벤이
피카소가
아인슈타인이

여자였다면
어떤 사람이었을까?
무엇을 했을까?

집

떡집에는 떡이 있고
빵집에는 빵이 있고
꽃집에는 꽃이 있고
까치집에는 까치가 있고
개집에는 개가 있고
칼집에는 칼이 있고
안경집에는 안경이 있고
우리집에는 우리가 있다
아니
싸우는 엄마 아빠만 있다

할머니

차 안, 옆에 계신 할머니
가만히 그분 바라봅니다
거기 천사가 앉아 있다면
부처님이 앉아 있다면
내 마음 더 기뻤을까요?
아니, 아니, 아니에요
그 자리에
천사 온다 해도
부처님 온다 해도
난 마다할 거예요
그분
내 가슴속에 가득 들어옵니다
나,
그 안에 풍덩 잠깁니다

－＋

－
마이너스!
줄이자!

늦잠 보따리

군것질 보따리

걱정 보따리

샘 보따리

나 구박 보따리

＋
플러스!
늘리자!

용기

연습

희망

웃음

나 칭찬

벌과 상

절망,
네게 영원한 벌을 내린다
희망을 죽였으므로

희망,
네게 최고의 상을 내린다
절망에 죽지 않았으므로

갑질

부자 사장님 TV 나왔네
아랫사람 못살게 굴었대
갑질이래
난 그런 거 한 번도 안 했는데…
    멍!
뭐라고?
    나 괴롭혔잖아!
내가 언제?
내가 널 얼마나 예뻐하는데!
    내 털 깎고
    내 수염 자르고
    재주 피우랬잖아!
    인간 **갑질!**

하프 소리

용궁으로 돌아간 인어공주
뭍이 그리워
그곳에서 들은 노래
하프로 뜯었다네
손끝이 닳도록
하프 줄이 끊어지도록

하프 소리 바다에 울려 퍼지자
파도가 노래하고 춤췄다네
덩실덩실 너울너울
빙글빙글 출렁출렁
그러자 하프 소리 바다 위로
바다 위로 울려 퍼졌다네

바다를 항해하던 배도
덩달아 춤췄다네

키잡이도 시종들도 왕자도
모두모두 춤췄다네
덩실덩실 너울너울
빙글빙글 출렁출렁

하프 소리
파도 소리
배의 노랫소리
한데 어우러졌네
하나 되어 바닷속에서 춤췄다네
덩실덩실 너울너울
빙글빙글 출렁출렁

하프 타던 인어공주
손가락 다 닳아
더는 연주할 수 없었지

그러자
하프 소리
파도 소리
배의 노랫소리
모두 멈췄다네

덩실덩실 너울너울 빙글빙글 출렁출렁
미친 듯이 춤추던 배도
얌전한 아이같이 되었지
왕자는 보았다네
바로 앞에 있는 인어공주를
손톱 다 빠지고
피 철철 흐르는 손가락들을
왕자는 절레절레 고개를 저었다네
"이건 아니야. 이건 아니야!"
그런 뜻이었을까?

등 돌리고 헤엄쳐 올라가는 왕자를 향해
인어공주는 손을 뻗었지
손톱 빠진 손을
철철 피 흘리는 손을

줄 끊어진 하프가 꿈틀하더니
노래 부르기 시작했다네
그러자 파도가 화음을 넣었지
그러자 배도 음음 허밍을 했다네
그러자 바다가 흔들흔들하며 반주해줬다네
노래하지 않는 건 단 둘밖에 없었지
왕자와 인어공주
인어공주와 왕자
둘은 그 멋진 연주를 듣고 있었지
잠자코 듣고 있었지

숲속에서

네게 보낸다 이 풍경을
네게 보낸다 이 향기를
네게 보낸다 이 소리를

인류 역사는

강자의 역사

약자의 역사

익살꾼의 역사

예술의 역사

개와 고양이의 역사

너와 나의 역사

내가 나를

그것도 못 해?
바보!
너 싫어!

야단쳤다
노려봤다
돌아섰다
내가 나를

내가 나를

그럴 수도 있지
괜찮아, 네 맘 알아
와! 너 최고다!

위로했다
안아줬다
칭찬했다
내가 나를

두 쪽 난 하늘

하늘이 두 쪽 났다
하늘을 날던 새는 오뚝 멈춰 섰다
이쪽에 파란 하늘 한 개
저쪽에 파란 하늘 한 개
가 있었다
"저쪽으로 가야 친구가 있는데….."
하지만 새는 날아가지 않았다
하늘은 언제나 하나였기 때문에
두 쪽 난 하늘은
날아본 적이 없었기 때문에

침묵

침묵이 침묵한다

침묵이 속삭인다

침묵이 외친다

침묵이 흐느낀다

침묵이 일기를 쓴다

침묵이 눈물을 흘린다

침묵이 노려본다

침묵이 신(神)을 바라본다

침묵이 금식한다

침묵이 희망한다

그 많은

그 많은 과자는
어디에서 오지?
　　공장에서 오지
　　과자공장

그 많은 달걀은
어디에서 오지?
　　공장에서 오지
　　달걀공장

그 많은 마녀는
어디에서 오지?
　　공장에서 오지
　　마녀공장

그 많은 소식은
어디에서 오지?
　　공장에서 오지
　　소식공장

그 많은 인형같은사람들은
어디에서 오지?
　　공장에서 오지
　　인형공장

2부

밥통과
장미

밥통과 장미

식탁 위 장미가 말했다
"밥통아,
넌 왜 시에 안 나오니?
그림에도 없던데?"

　　밥통이 말했다
　　"나?
　　모르겠는데?
　　넌 시와 그림에 나오니?"
장미가 턱을 치켜들고 말했다
"귀찮을 정도로 날 부르지!
나보다 더 아름다운 게 없나 봐.
넌 한가해서 좋겠다."

　　밥통이 말했다
　　"한가하긴!!
　　이른 아침 불 때고 작품 만들어.
　　저녁에도 제 시간에 열심히 작품 만들고."

장미가 콧방귀를 뀌었다

"작품?

작품은 내가 등장하는 건데?

시랑 그림!"

　　밥통이 말했다

　　"시 쓰는 사람, 시에 나오는 사람,

　　그림 그리는 사람, 그림에 나오는 사람,

　　모두 내 작품 먹어.

　　안 그러면 살 수 없대.

　　모두들 허겁지겁 달려와

　　내 소중한 작품을 음미하지."

장미가 하품을 했다

"아함, 졸리다.

넌 얘기가 안 통해.

나, 낮잠 잔다."

장미는 늘어지게 낮잠을 잤다

저녁 늦게 귀가한 주인이 중얼거렸다

"장미가 시들었네. 버려야겠다.

밥통아, 고마워!

오늘 저녁도 작품을 만들었구나!

넌 위대한 예술가야.

나를 힘내게 해주고

웃게 해주고

시 쓰고 그림 그리게 해주는

예술가!"

리필

어제 내가 무한 리필한 건
우울
스트레스
자책감
포기

오늘 내가 무한 리필한 건
희망
꿈
노력
위로

유비무환

치킨의 으뜸은 역시 다리!
생김도 맛도 최고!
꼬꼬다리 세 개째 먹는데
문득 '내다리내놔!'가 떠오르네
설마 꿈에……?
아님, 내일 혼자 집 볼 때?
꼬꼬다리 한 개는 남기자
유비무환!

'원팀'

"이 아줌마만 없으면
백설공주가 편히 살 거야!"
난 그림책에서 새 왕비를 잘라냈어
이튿날 문자가 왔어
왕비가 보냈더라고
"어서 그 여자를 책 속에 갖다놓거라!"
난 콧방귀를 뀌었어

그 다음 날, 음성메시지가 왔어
왕이 보냈더라고
"어서 새 왕비를 책 속에 갖다놓거라!
그 아가씨와 난 결혼을 해야 하느니라!"
난 콧방귀를 뀌었어

그 다음 날, 메일이 왔어
7 난쟁이가 보냈더라고

"어서 새 왕비를 책 속에 갖다놔!
그 순악질여사가 있어야
우리 이름이 영원히 남아!"
난 콧방귀를 뀌었어

그 다음 날, 편지가 왔어
왕자가 보냈더라고
"어서 새 왕비를 책 속에 갖다놓거라!
새 왕비가 있어야
내가 백설공주와 결혼할 수 있다!"
난 콧방귀를 뀌었어

그 다음 날, 초인종이 울렸어
백설공주였어
난 뛸 듯이 기뻤지
백설공주가 외쳤어

"어서 새엄마를 책 속에 갖다놔!
새엄마가 있어야
내가 진짜 백설공주라니까!
새엄마가 없으면……
난… 공주 없는 드레스,
아니, 보석 없는 왕관,
아니, 치즈 없는 피자야!"

난 소스라치게 놀랐어
그들은 한 팀이었어. 완벽한!
난 그들이 바라는 대로 했어
그 다음 날, 새로 나온 백설공주 영화를 봤어
새 왕비는 또 나쁜 짓을 했지
난 그 나쁜 아줌마를 확 잡아당겼어
그리고 세게 꼬집었어
그러자

백설공주, 일곱 난쟁이, 왕자, 왕비, 왕이 외쳤어

"안 돼!"

에 덴 동 산

에덴동산 아담동산 이브동산
셋이었다면
에덴동산 이브아담동산
둘이었다면
아담이브동산
하나였다면
나는
있었을까
없었을까

청문회

청문회가 뭐지?

청문회 : 〈정치〉 어떤 문제에 대하여 내용을 듣고

　　　　그에 대하여 물어보는 모임.

　　　　주로 국가 기관에서 입법 및 행정상의 결정을 내리기에 앞서

　　　　이해관계인이나 제삼자의 의견을 듣기 위하여 연다.

뜻이 이렇게 길다니!

하지만 완전히 틀렸어!

다섯 번 봤는데

청문회는 서로우기기대회야

"아닙니다."

그 말 59번 했어

"거짓말하지 마세요!"

그 말도 59번 했어

　　　누가 1등 했어?

"아닙니다. 절대 아닙니다!"

101번 말한 사람

가족

꿈

계획표

실수

노력

망설임

실패

자신 없음

희망

오뚝이

모두 모두 가족

성공의 가족

힘

"아는 것이 힘이다."
그럴까?
무엇을 알아야 하지?
얼마나 알아야 하지?
알기만 해도 힘일까?

어떤 독재자의 최후

어떤 나라에 가뭄이 들었어
하지만 포악한 임금님의 욕심 주머니는
가뭄 들 날이 없었어
맘에만 들면 누구 것이든 빼앗았지
가뭄이 심해지자
임금님은 학자들과 제사장들을 다그쳤어
문제를 하루 빨리 해결하라고 했지
그래도 비는 한 방울도 내리지 않았어
임금님이 외쳤어
"백 년 동안 비가 안 오겠군!"
학자들이 말했지
"그런 적은 없었습니다."
임금님이 외쳤어
"받아쓰거라!
벌 받을 자들이다.

첫째, 궁정 요리사. 물을 너무 많이 썼다.

둘째, 궁정 정원사. 물을 너무 많이 썼다.

셋째, 궁정 사람들. 물을 너무 많이 썼다.

넷째, 농사꾼들. 물을 너무 많이 썼다.

·

·

열 번째, 가축들. 물을 너무 많이 썼다.

·

·   물을 너무 많이 썼다."

명단은 끝이 없었어

백 개도 넘었지

임금님이 외쳤어

"땅도 벌하라. 물을 너무 많이 썼다.

하늘도 벌하라. 물을 너무 많이 썼다."

백성들은 임금님에게 하소연했어

"하늘에서 비 내려주셔서

땅에 씨앗 심고

땅 위에 집 짓고 사는데

땅과 하늘 벌주면

저희는 더는 살지 못합니다!"

임금님이 외쳤어

"어서 벌하라!"

병사들은 명령대로 했어

죄인들을 체포하고 처형했지

마지막으로 딱 둘만 남았어

병사들이 외쳤어

"땅, 네 죄를 알렸다?"

말이 떨어지기가 무섭게

땅이 쩍 갈라지며

궁전이 폭삭 내려앉았어

그리고 하늘에선 비가 쫙쫙 내렸지

물음표

길가에 물음표가 있네
어, 지렁이잖아?
해가 쨍쨍 나서 죽었나?
무얼 물었을까?

더

더 높이
더 빨리
더 많이
더 잘

해야 되는 거지?

그치만
오늘은
오늘 딱 하루만
덜 높이
덜 빨리
덜 많이
덜 잘

하고 싶다

소원

어떤 사람이 탄식했어

하도 슬퍼하자

천사가 그 앞에 나타났어

천사는 그 사람에게 이유를 물었어

그러고는 소원이 있냐고 물었지

천사는 소원을 들어줬어

그 사람 곁에 다시 어머니가 나타났어!

그 사람은 어머니에게 많은 걸 해드리고 싶었었지

하지만 그런 건 하나도 기억나지 않았어

그 사람은 예전처럼 행동했어

어머니에게 툴툴대고 제멋대로 했지

천사는 그 집을 지나가며 중얼거렸어

"정말 알 수가 없네.

소원이라고 했는데…"

그 사람은

그 사람은 당겨쓰지 않았대
　　　미래의 걱정을
그 사람은 외면하지 않았대
　　　지금 이 순간을
그 사람은 늘리지 않았대
　　　과거의 꼬리를

아래로 아래로

함박눈이 움직인다

아래로

아래로

아
래
로

작심3일이라고 야단맞은

내 마음도 움직인다

아래로

아래로

아
래
로

꼬꼬꼬 꼬끼오

암탉이 울면
집안이 망하고
수탉이 울면
오븐에 넣는다

속담인가?
어느 별 속담?

그 순간

파리는 아침 이슬방울을 들고 있었고
개구리는 꽃 속을 들여다보고 있었고
개미는 간신히 운동화 밑을 빠져나가고 있었고
모기는 모기향 때문에 머리가 어지러웠다

파리와
개구리와
개미와
모기는
서로의 일을 알지 못했다

나도 불러줘

겁아, 겁아!
　　나도 있잖아
　　나도 불러줘
　　나, 용기!

절망아, 절망아!
　　나도 있잖아
　　나도 불러줘
　　나, 희망!

미움아, 미움아!
　　나도 있잖아
　　나도 불러줘
　　나, 사랑!

망각아, 망각아!
　　나도 있잖아
　　나도 불러줘
　　나, 추억!

사춘기

사- 춘- 기-
思- 春- 期-
생각 봄 기약하다?
생각하며 봄을 기다린다?
봄을 생각하며 약속한다?
생각하며 봄과 약속한다?
봄에 만나기로 약속할 생각 한다?
사춘기가
4춘기로 바뀌어도
$4 \times 4 = 16$춘기로
$16 \times 16 = 256$춘기로 바뀌어도
내 머리와 심장은
그런 문제를 풀 정도로
차분하지 않다!

사춘기

4춘기가 아니라

네 가지 봄을 기다리는 게 아니라

포털,

헤아릴 수 없고

뒤숭숭하고

두려운

어느 입구

바로 앞에 있다

일명 사!춘!기!라는 내-가-!

매와 부메랑

매가 있었어
주인이 팔을 내밀어야 움직였지
어느 날 매는 사냥을 나갔어
새를 잡아서 주인에게 돌아가는데
무언가가 날아오는 거야
쟤는 주인이 없나, 했더니
그 동그란 것은 오던 길로 되돌아갔어
어떤 사람이 그걸 집어던졌어
그건 날아갔다가 또다시 돌아갔어
순간 매는 머리가 아팠어
'내가 지금껏 저 반지였구나.'
하고 놀랐지
매는 주인에게 돌아가지 않았어
"난 지남철에 달라붙는 반지가 아냐.
난 매가 될 거야!"
매는 하늘 높이 날아올랐어

파란 하늘에 주인 같은 건 없었어
하늘은 끝이 없었지
아래엔 푸른 바다가 있었어
바다엔 백조 한 마리가 있었지

한 사진사가 사진을 찍었어
제목은 이랬어
"바다와 하늘과 자유"

몇 명일까?

이른 새벽 일어나

밥 짓고

청소하고

빨래하고

장 보고

기다리고

식구들 달래준

사람은 몇 명일까?

그런 일 한 여자는 몇 명일까?

그런 일 한 남자는 몇 명일까?

그런 일 한 예술가는 몇 명일까?

그런 일 한 '위대한' 예술가는 몇 명일까?

그런 일 한 '위대한' 여자 예술가는 몇 명일까?

그런 일 한 '위대한' 남자 예술가는 몇 명일까?

그 길이

못 하는 게 아냐
노력이 부족한 거야

노력이 부족한 게 아냐
네 길이 아닌 거야

그 길이 아닌
다른 길이 있는 거야

그 길이 널 보고 있어
그 길이 네게 손짓하고 있어
그 길이 네게 속삭이고 있어
그 길이 널 기다리고 있어

모자 쓴 사람

모자 쓴 사람이
나무들 사이에 집 짓고
그림을 그리고 있었어
다 그린 뒤 서명을 하기로 했어
셋째 동그라미를 그리기 시작했어
그때 회오리바람이
모자 쓴 사람 바로 옆으로 지나갔어
집과 그림을 가져가버렸지

창문에 그림이 낀 채
지구 반대편으로 집이 날아갔어
그곳 사람들은
집도 그림도 맘에 들었어
하지만 한 가지는 그렇지 않았어
이렇게들 말했지
"이 동그라미 두 개는 빼자!"

모자 쓴 사람의 서명이 사라져버렸어

사람들은 집과 그림을 잘 모셔놓았어

그리고 작은 쪽지를 붙여놓았지

이름 모를 어떤 건축가가 지은 집

이름 모를 어떤 화가가 그린 그림

달달달

달달달 외우고

달달달 단 거 먹고

달달달 베끼고

달달달 볶이고

달달달 달리고

달달달 안달하고

달달달 인생 가네

달달달 인생 끝났네

내, 다음 생엔 절대 하지 않으리

달달달 시리즈

달달이들은 모두 달로 보내리

전문가

폐하,

이웃나라가 쳐들어오고 있다고 합니다.

모두들 한 손에 사과를 들고요.

속히 전문가를 부르라!

폐하,

지금 바닷속 나라가 선전포고를 했다고 합니다.

물고기들이 돌림노래를 부르면서요.

속히 전문가를 부르라!

폐하,

우주 너머 어떤 곳에서 우리나라를 방문하겠다고 합니다.

시 한 수를 낭송하면서요.

속히 전문가를 부르라!

자, 전문가들이여

묘안을 속히 내놓거라!

군사전문가가 말했다
"폐하,
모두 한 손에 사과를 들고 오는 것은…
그것에 대한 전문가는 아직 없습니다."

바다전문가가 말했다
"폐하,
물고기들이 돌림노래를 부르는 것은…
그것에 대한 전문가는 아직 없습니다."

우주전문가가 말했다
"폐하,
시 한 수를 낭송하면서…
그것에 대한 전문가는 아직 없습니다."

폐하가 말했다

그 모든 것을 아는 전문가는 없는가?

세 전문가가 일제히 대답했다

"아직은 없습니다. 폐하!"

그럼 이 문제들을 어찌 해결할꼬?

세 전문가가 일제히 외쳤다

"속히 전문가를 양성하겠습니다, 폐하!"

3부

과자집과
돈집

지금

지금은
내 앞에 있는 황금덩이
내 곁에 있는 보물덩이
나와 함께하는 벗

의견의 일치

어떤 독재자가 역사책을 봤어
독재자 1은 동쪽을 지배했고
독재자 2는 동쪽과 서쪽을 지배했고
독재자 3은 동쪽과 서쪽과 남쪽을 지배했다.

그 독재자는 책을 덮었어
"동서남북을 지배하자.
그 다음엔 별을!"
지구를 거의 정복할 즈음
세 독재자가 힘을 합쳐
그와 싸웠어
넷 다 혼자서만 세계를 가지려고
서로에게 총을 겨눴어
하지만 뜻대로 되지 않자
온힘을 다해 지구를 없애버렸어
넷이 한마음이 된 유일한 순간이었지

꿈

안 되겠어

꿈 버릴래

　　잠깐!

　　너 배고플 때 밥 먹지?

당연하지!

안 그러면 죽으니까

　　나도 그래!

　　네가 밥 줘야 돼!

　　매일!

너 누구니?

　　네 꿈!

어머니전상서

엄마,
나 아침잠 많은데
매일매일 일어나 학교 가는 거
기적 아닐까?
나 정말 대단해. 그치?

엄마,
나 잠 안 자고
밤새 게임하고 싶은데
매일 밤 잠자는 거
기적 아닐까?
나 정말 대단해. 그치?

기적을 낳아주셨네
우리 엄마 슈퍼우먼!

방법

두드려라 열릴 것이다
두드려라 확실히 열릴 것이다
확실히 두드려라 열릴 것이다
확실히 두드려라 확실히 열릴 것이다

유서

어떤 사람이 죽었다
그는 신으로 추앙되었다
그는 책을 두 권 썼다
내용은 이랬다
1/ 2/ 3/은 행복이고
6/ 5/ 4/는 불행이니라
그것을 따르라
그는 유서에도 똑같은 내용을 썼다

사람들은 유서를 보면서 고민에 빠졌다
행복과 불행 사이에 무언가 있을 것 같았다
사람들은 그것을 알아내려고 애썼다
뜻이 일치하지 않자 그들은 싸웠다
서로 죽이고 뚝뚝 떨어져 살았다
아무도 신이 나타나 그 책을 고쳐 쓰는 걸 바라지 않았다
그들은 계속 서로를 미워했다

그리고 그 점에 대해 뿌듯해했다

신의 말씀

어떤 신이 있었어

그런데 계획한 대로

신의 말씀이 전파되지 않았어

신은 가장 믿음직스러운 고문관에게 물었어

"왜 그렇지?"

"신의 말씀은 완벽합니다."

"그런데?"

약간은 다급한 목소리로 신이 물었어

신 스스로도 조금 놀랐지

"말씀드리기 황공하오나

인간들은 원래 무지해서…."

"그래서?"

신의 목소리는 한층 더 높아졌어

"번역가를 써야 할 듯합니다."

"쯧쯔… 인간들이란….

그럼 어서 찾거라."

며칠 뒤 신이 물었어

"내 뜻이 잘 전파되고 있느냐?

왜 이렇게 진척이 더딘고?"

"그자가 엉덩이에 땀띠가 날 만큼

열심히는 하는데 실력이…."

"이 세상 최고의 번역가를 찾거라!"

우르릉 천둥 같았지

그 번역가는 아직도

한숨 푹푹 내쉬며 일하고 있다지?

뾰족이

남들은 날 뾰족이라 부르지만
난
난!
얼마나 동그란 걸 좋아하는데!
동그라미
동그란 물방울
동그란 사탕
동그란 호빵
그리고 동그란 마음!
내 동그란 마음을 보여주기를
내가 얼마나 바라는데!

밥

밥 먹었니?

네 꿈에게도 밥 줬니?

네 희망에게도 밥 줬니?

네 사랑에게도?

‥만 알아도

지금 중단하는
지금 계속하는
지금 새로 시작하는

방법만 알아도
삶은
아름답지 않을까?!

프 로 도

프로도

프로도 아닌데

프로보다 훨씬 잘했지

행운과 귀지

행운이 노크를 했어

       들어가도 돼?

그 사람, 그 말 못 듣고 한숨 쉬었어

난 되는 게 없어

끝이야

운이 너무 없어

행운이 또다시 노크를 했어

       들어가도 돼?

그 사람, 그 말 못 듣고 한숨 쉬었어

난 되는 게 없어

끝이야

운이 너무 없어

행운이 중얼거렸어

       날 안 좋아하나 봐

행운은 그곳을 떠났어

그 사람 귓속엔 엄청난 귀지바위가

떡 버티고 있었지

절망과 좌절의 귀지바위가

책임

임금님은

제1대신에게 명령했어

"이웃나라를 통째로 빼앗아 오너라!"

제1대신은 제2대신에게 명령했어

제2대신은 제3대신에게 명령했어

제3대신도

그 아래 대신도

그그그…

아래아래아래… 대신도

그렇게 했어

(명령하는 데 자그마치 사흘이 걸렸대)

말단 대신은

제1장군에게 명령했어

제1장군은 제2장군에게 명령했어

제2장군은 제3장군에게 명령했어

제3장군도

그 아래 장군도

그그그…

아래아래아래… 장군도

그렇게 했어

(명령하는 데 자그마치 닷새가 걸렸대)

말단 장군은

제1병사에게 명령했어

제1병사는 제2병사에게 명령했어

제2병사는 제3병사에게 명령했어

그 아래 병사도

그그그……

아래아래아래…… 병사도

그렇게 했어

(명령하는 데 자그마치 열흘이 걸렸대)

말단 병사는

백성들에게 명령했어

마침내 그 나라는

이웃나라를 통째로 갖게 됐어

하지만 다른 이웃나라들은 재판을 열었어

그리고 이번 사건에 대한 책임을 물었어

백성들은 말단 병사가 시킨 대로 했다고 외쳤어

저희는 죄가 없습니다!

말단 병사는 상관이 시킨 대로 했다고 외쳤어

저희는 죄가 없습니다!

장군들도 대신들도 똑같이 외쳤어

이웃나라들의 재판관은 임금님을 법정에 불렀어

임금님이 외쳤어

"난 죄가 없소.

난 백성들을 위해

병사들을 위해

장군들을 위해

대신들을 위해

그렇게 한 것이오.

난 한 마디 명령만 내렸을 뿐이지만

저들은 그야말로 수많은 행동을 했소.

죄라면 바로 저들이 지었소.

또한

저들은 나처럼 나라를 위한다는 생각 없이

그저 시키는 일만 했소.

태만하고 수동적인 태도,

그것이야말로 가장 큰 죄가 아니겠소?"

조건

희망 가지면 이룬다
희망 가져야 이룬다

끈질기면 이룬다
끈질겨야 이룬다

버티면 이룬다
버텨야 이룬다

과자집과 돈집

-마녀의 실험-

"오빠, 나 더는 못 가.
배가 너무 고파."
그레텔이 푹 고꾸라졌어
헨젤의 코가 벌렁거렸어
"그레텔, 일어나!
맛있는 냄새가 나!"
둘은 힘껏 달렸어
목표물을 향해!
둘의 콧구멍이 점점 커졌어
눈도 커졌지
다리도 점점 길어졌어
둘은 마침내 목적지에 이르렀어!

과자와 빵과 케이크와 초콜릿과 아이스크림과
이름 모를 맛있는 것들이
한가득 붙어 있는 예쁜 집!

둘은 미친 듯이 뜯어먹었어
왜 아니겠어?
그런데
아무리 먹어도 질리지 않았지
아무리 먹어도 배부르지 않았지

오누이가 미친 듯이 입으로 음식을 넣고 있는데
어른 둘이 미친 듯이 달려왔어
날개 달린 말보다 빨리!
둘은 달콤한 집으로 향하지 않았어
둘은 과자집 옆에 있는
돈집으로 달려갔어
지붕, 굴뚝, 벽, 창문에 온통
돈이 붙어 있었지
둘은 미친 듯이 웃으며
지폐와 동전과 수표를 뜯어 주머니에 넣었어

돈을 떼어내면 그곳에 또다시 돈이 붙어 있었어!

새싹이 돋듯 돈이 쏙쏙 솟아나왔지

둘은 미친 듯이 웃으며

돈을 모자와 옷 속에 집어넣었어

하지만 둘은 엉엉 울었어

더 이상 돈을 넣을 곳이 없었거든

둘은 서로 바라보다가 고개를 끄덕였어

그리고 미친 듯이 땅을 팠어

그리고 돈을 땅속 깊이 묻었어

하지만 아무리 돈을 떼어내 땅속에 묻어도

지붕과 굴뚝과 벽과 창문에 붙어 있는

돈을 전부 땅속에 묻을 수는 없었어

어느덧 날은 저물고 깜깜해졌어

둘은 피곤에 지쳐 졸음이 밀려왔지

하지만 누워서 잠을 잘 수가 없었어

누군가 달려와 이 많은 돈을

몽땅 차지할 것 같았거든

둘은 밤새 땅을 파고 돈을 묻었어

하나가 말했어

"집을 땅속에 묻자!"

둘은 집 주위를 파기 시작했어

그런데 땅을 팔수록 땅이 올라갔어

그뿐이 아니었어!

굴뚝 맨 꼭대기에 엄청나게 큰 지폐가 붙어 있지 뭐야!

둘은 굴뚝으로 기어 올라갔어

손이 지폐에 닿자

돈은 점점 더 커지고

굴뚝은 더 높아졌어!

둘은 돈을 차지하려고

서로를 밀고 발목을 잡아당겼어

과자집 창문에서 마녀가 내다보며 중얼거렸어

"과자집이 성공작이라

실험 삼아 돈집을 만들었더니

흠, 꽤 괜찮군!

그런데 어쩐다?

저 둘을 어디에 쓰지?

벌써 30년이나 지났는데 그것도 모르고…

머리와 배엔 욕심과 똥만 들었고

피부는 쭈글쭈글

머리카락은 부스스

…

귀찮은데

저 눌을 지폐 속에 집어넣자!

이 실험은 여기서 끝!"

말이 떨어지기가 무섭게

둘은 빛보다 빨리

빛보다 가볍게
지폐 속으로 빨려 들어갔어

둘은 미친 듯이 웃으며 외쳤어
"와! 더 좋은 곳에 왔네!
여긴 땅도 나무도 없어.
온통 돈이야!
이 사람의 머리카락도 코딱지도 돈이야!
그리고 여긴 우리 둘뿐이야."
하나가 다른 하나를 노려보다가 외쳤어
"왕은 하나야!"
하나는 다른 하나를
지폐 속 사람의 머리카락 속으로 밀어 넣고
머리카락을 총총 땋았어
그러고는 미친 듯이 웃었어
"돈의 왕국

그 왕국의 왕!

바로 나!"

마녀가 중얼거렸어

"실험이 끝난 걸 아직도 모르네."

마녀는 그 사람이 들어 있는 지폐를 집게로 집어

난로 속에 집어던졌어

그러고는 중얼거렸지

"이젠 실험이 끝난 걸 알겠지?

아무리 어리석어도!"

출생의 비밀

출석은 잘했는데
생물 점수는 빵점
의욕적으로 공부했는데…
비장의 카드를 준비하자!
밀려오는 잠도 줄이고
가만, 뭔가 수상해
우리 가족은 머리가 좋은데
나는 왜?
혹시……

출생의 비밀?

길

길고 긴 길 가다 보면
지름길도 나타날 거야
돌아가는 길도 나타날 거고
꽃길도
진흙탕 길도
험난한 길도 나타날 거야

어느 길로 갈 거니?
어디로 가든
곁에 있을게
늘
내가

연습

하늘은 연습한다
매일 하늘에 있기
자신을 잊지 않기
사람들이 흉봐도 중심 잡기

땅은 연습한다
제자리 지키기
짓밟혀도 담담하기
자기 위에 있는 것들 받쳐주기

식물은 연습한다
땅, 하늘과 함께하기
스스로를 사랑하기
자신으로 살기

나!

나도 연습을…?

그래, 하자

지금부터!

'나'와 '남들'

'나'는 문을 열고 밖을 내다봤다

거기엔 '남들'이 있었다

'나'는 호기심이 나 문밖으로 나갔다

'남들'은 열심히 수다를 떨었다

하늘은 어쨌고

바다는 어쨌고

마음은 어쨌고

전쟁은 어쨌고

어쨌고 어쨌고 코쟀아
코쟀아 코쟀아 어쨌고
어쨌고 어쨌고 어쨌고
어쨌고 코쟀아 어쨌고
어쨌고 어쨌고 어쨌고 어쨌고

'남들'의 말이

'나'의 마음과 머리를 가득 채웠다

'나'는 집으로 돌아가지 않았다

'남들'을 따라다니며 열심히 들었다

그리고 짬짬이 끼어들었다

어느 날 문득 '나'는 집이 떠올랐다

집에서 편히 쉬고 싶었다

'남들'의 생각과 말과 웃음과 표정과 제스처가

'나'를 가득 채웠기 때문이었다

집에 온 '나'는 소스라치게 놀랐다

너! 무! 나! 도!

오래 비워둔 그 집엔

낯선 문패가 달려 있었다

문패엔 이렇게 적혀 있었다

"남들"

'나'가 현관문을 열고 집안으로 들어가자

주인들은 '나'를 뻥 차버렸다

"여긴 우리 집이야!"

'남들'이 외쳤다

기도

"신이시여,
토실고소한 생쥐 보내주세요!
내일 제 생일이에요!"
고양이가 기도했지

"신이시여,
괴물귀신 고양이 데려가주세요!
내일 제 생일이에요!"
생쥐가 기도했지

지금

어떤 사람이 공원 벤치에 앉아 있었어
두 손으로 머리를 감싸고 바닥을 내려다봤지
그때 누군가 어깨에 손을 얹었어
하지만 그 사람은 점점 더 고개를 숙였어
그 사람의 머릿속은 생각으로 꽉 차 있었지

어제부터 아기 때까지의 일들이
내일부터 먼 미래까지의 일들이
머릿속이 좁아 뛰쳐나오려고 했지

그 사람 발치엔
단추만 한 민들레꽃이 피어 있었어
그 사람의 어깨에 손을 얹고 있던
누군가는 그곳을 가리켰어
민들레꽃이 말했어

고마워

날 계속 바라보는구나

넌 누구니?

누군가가 대답했어

"지금."

땅땅땅!

그 사람은 하늘을 올려다봤어

그때 새파란 하늘에 먹구름이 나타났어

그 사람은 한 손을 번쩍 쳐들었어

마치 그 먹구름을 잡으려는 듯이

그 사람은 비명을 질렀어

누군가 목덜미를 움켜쥐었거든

"괘씸한 놈!

널 체포한다!"

쩌렁쩌렁 울리는 목소리가 외쳤지

병사는 그 사람을 질질 끌고 갔어

그 사람이 애원했어

"전 아무 죄도 없어요. 풀어주세요!"

"넌 아주 큰 죄를 지었다!

네가 하늘을 향해 손을 치켜들어서

폐하의 거룩하신 탑에 그림자를 만들었어.

궁정에 계신 폐하께서 그 탑을 보시며

명상을 하시다가 재채기를 하셨다!
넌 사형이다!"
병사는 그 사람을 더욱더 세게 끌고 갔어
질질지___ㄹ___지___ㄹ___
옷과 살갗에 구멍이 뻥뻥 뚫리고
너덜너덜해질 즈음
법관이 그 사람에게 말했어
"폐하는
관대하시고
공정하시고
사랑이 넘치신다.
하여 최고의 범죄자인 네게
은혜를 베푸셨다.
변호사가 널 도와줄 것이다!"

그 사람은 변호사를 만났어

변호사는 말없이 그 사람을 어딘가로 데려갔어

잔디가 깔리고 꽃이 가득 피어 있는 길이 나왔지

그 사람은 기뻐했어

"와! 희망이 있겠다!"

변호사는 아무 말이 없었어

잔잔히 미소만 지었지

그 사람이 뭔가를 물으면

변호사는 말없이 손가락으로 가리켰어

그곳엔

파란 하늘

파란 잔디

자잘한 예쁜 꽃들

노랑나비

샘물

이 있었지

그 사람의 가슴은 한껏 부풀었어

모든 것이 희망을 약속하는 것처럼 보였지

마침내 법정에 이르렀어

재판관은

근엄한 표정에

근엄한 복장,

근엄한 걸음걸이로 들어와

근엄한 목소리로 말했어

"넌 엄청난 죄를 저질렀다.

넌 사형이다!"

재판관은 판결봉을 힘차게 내리쳤어

그 사람이 외쳤어

"저는 죄가 없어요!

푸른 하늘의 먹구름을

하늘 구석으로 잡아끌려고 했을 뿐이예요!"

재판관이 근엄한 목소리로 말했어

"그래?

좋아! 정의의 여신에게 물어보지.

너를 저 저울에 올려놓겠다.

만일 저울이 기울면

넌 죄를 지은 거다.

당장 네 목을 칠 것이다!"

재판관은 그 사람의 팔을 두 손가락으로 잡았어

그러자 그 사람이 마구 오그라들었어

재판관은 그 사람을 집게로 집어

저울에 올려놓았어

저울은 기울어지지 않았어

그러자 재판관은 정의의 여신을 노려봤어

정의의 여신은 눈을 깜빡였지

하지만 저울은 꼼짝하지 않았어

재판관이 정의의 여신의 귀에 속삭였어

그러자 그 사람이 앉아 있는 저울이

0.1 밀리 내려갔어

재판관이 외쳤어

"봤지?

넌 죄인이야!

하지만 나는

공정한 법과 진리를 따르는

공정한 재판관이다!

하여

네게 특별히 기회를 주겠다."

그러자 어디선가 변호사가 나타나

그 사람을 데려갔어

잔디가 깔린 고요한 길 끝에

야트막한 계단이 있었지

그 사람은 기뻤어

희망이 보였거든

그래서 부지런히 계단을 올라갔어
그런데 계단이 점점 높아지지 뭐야?
변호사는 포르르포르르 계단 위를 올라갔지
그 사람은 점점 숨이 찼어
계단이 자기 키만큼 높아졌거든
암벽 등산을 하듯 끙끙거리며
마지막 계단을 기어 올라갔어
그런데 계단이 절벽처럼 쭉쭉 늘어났어
그 사람은 계단 끝을 꽉 움켜쥐었어

이미 계단 위로 올라간 변호사는
살며시 웃으며
그 사람을 내려다봤어
마치 이렇게 말하는 듯했지
"힘내세요! 다 왔어요.
이제 당신은 자유예요!"

그 사람은 젖 먹던 힘까지

아니, 엄마 배속에서 발길질을 하던 힘까지 짜내서

계단 위로 올라가려고 했어

하지만 그 사람은 비명을 질렀어

누군가 두 손을 꽉 내리눌렀거든

그 사람은 눈물을 흘리며 올려다봤지

자신의 두 손을

엄청나게 큰 신발 두 개가 짓밟고 있었어

쩌렁쩌렁한 목소리가 울려 퍼졌어

"나는

공정한 법과 진리를 따르는

공정한 재판관이다.

네게 무죄를 증명할 기회를 여러 차례 줬지만

넌 죄가 있다.

대역죄가!

하하하!"

우렁찬 웃음소리에 계단이 흔들거렸어

그 사람은 웃음소리가 들리지 않았어

온몸에 감각이 없고 눈앞이 흐려졌어

그때 또다시 계단이 흔들렸어

그리고 엄청나게 요란한 소리가 울려 퍼졌어

나----------------는----------------

공정한 법과--- 진리와--- 정의를--- 따르는

공공공-------정정정-------한 재판관이다!

이 말들은 쭉쭉 늘어나고

이리저리 철컥철컥 달라붙더니

엄청나게 큰 괴물이 됐지 뭐야

괴물은 엄청나게 커다란 입을 쩍 벌리고

재판관을 삼키려 했어

재판관이 외쳤지

"나는

공정한 법과 진리를 따르는

공정한 재판관이다!"
하지만 괴물은 재판관을 꿀꺽 삼켰어
땅땅땅! 소리가 들렸어
괴물의 배속에서
재판관이 판결봉을 두드리는 소리인가?

…도

똥도

노!
력!
해!
야!

나온다

신

신은 후회했지

최고의 신을 만들지 않은 것을

그리고 기대했지

인간이 점점 발전해

그런 신을 만들어줄 것을

너의 오늘은

너의 오늘은 어땠니?

너의 오늘은 행복했대?

너의 오늘은 널 기억할까?

□□

주고

주고

주고

준 걸 잊고

준 걸 잊고

준 걸 잊고

주고

주고

또 주고

마음 : □□

해설글

언제나 새롭고, 특별한 만남

...

황수대
(문학박사, 아동청소년문학 비평가)

1.

이옥용의 시는 언제나 새롭다. 어딘지 모르게 생경한 듯하면서도 묘하게 사람의 마음을 끌어당기는 힘이 있다. 그 때문에 매번 그의 시집이 나올 때마다 독자의 한 사람으로서 마음이 설레곤 한다. 잘 알다시피 동시나 청소년시는 불특정 다수를 대상으로 하는 성인시와 달리 특정한 연령대의 독자에게 읽힐 목적으로 창작된다. 그렇다 보니 그 과정에서 고려해야 할 점이 많아 독창적이고 개성적인 작품을 만나기가 쉽지 않다. 그래서인지 이옥용의 시와 만나는 일은 늘 설레고 즐겁다.

《-+》는 이옥용 시인의 네 번째 시집으로 총 70편의 작품이 수록되어 있다. 이 시집은 이전에 발표한 시집들과 달리 청소년을 주된 독자층으로 삼고 있다. 즉, 청소년 시집이다. 그 때문에 이전에 발표한 시들보다 내용이나 형식이 훨씬 폭넓고 자유롭다. 그러면서도 다소 냉소적이고 해학적인 어조와 분위기, 특수한 기호의 사용과 파격적인 행과 연의 배치, 사회문제에 대한 날카로운 비판의식 등 일찍이 그의 시가 지녔던 특징을 그대로 계승함으로써 또다른 재미와 감동을 주고 있다.

2.

문학이 궁극적으로 추구하는 가치는 아름다움이다. 그 가운데 시의 미적 가치는 음악성, 함축성, 형상성과 같은 요소들에 의해 실현된다. 실제로 시어의 적절한 선택과 배열, 비유나 상징을 통한 정신적 가치의 표현, 이미지를 활용한 감각적 경험의 구체화 등의 여부에 따라 시의 아름다움이 크게 달라진다. 따라서 좋은 시를 쓰기 위해선 그와 같은 요소들을 적절히 활용할 수 있는 능력이 요구된다. 하지만 이는 생각처럼 쉬운 일이 아니다. 무엇보다 오랜 경험과 숙련이 필요한 일이다.

그렇다면 이옥용의 시는 어떻게 미적 가치를 실현하고 있을까. 이 시집과 이전에 출간된 시집들 사이에는 어떤 차이가 있을까. 그 점에 주목해 이 시집을 읽다 보면 몇 가지 특징을 발견할 수 있다. 첫째는 청소년시의 특성 때문인지 불안과 갈등, 혼란 등으로 대표되는 그 또래 청소년들의 심리와 자아정체성의 문제를 다룬 작품이 많다. 둘째는 반복, 대구, 도치 같은 다양한 수사법을 활용해 시적 효과를 주고 있다. 셋째는 서술시(이야기시)와 현실비판의식을 담은 작품이 시집에서 차지하는 비중이 높아졌다.

아무도
안 봐줘도
주인공은
나
제!비!꽃!

– 〈제비꽃〉 전문

청소년기는 인간의 성장에서 신체적·생리적 변화가 가장 급격히 일어나는 시기이다. 또한, 개인의 사회화에 큰 영향을 미치는 가치관이 형성되는 시기이기도 하다. 따라서 올바른 자아정체성의 확립은 이 시기에 달성해야 할 중요한 과업이다. 이 시는 맨 첫 자리를 장식하고 있는 것으로, 이 시집의 서시 격인 작품이다. 흔히 봄의 전령사로 불리는 제비꽃을 화자로 내세워 주체적인 삶의 중

요성을 강조하고 있다. 다들 아는 것처럼, 제비꽃은 키가 작아 쉽게 눈에 띄지 않는다. 그런데도 제비꽃은 "아무도/안 봐줘도/주인공은/나"라고 말한다. 제비꽃을 화자로 내세운 것도 재밌고, "제!비!꽃!"과 같이 느낌표를 사용해 시적 대상을 강조한 것도 인상적이다. 청소년들의 경우 타인과의 비교를 통해 자신의 정체성을 확립해 나간다는 점에서, 그다지 존재감이 크지 않은 제비꽃을 그처럼 당당하고 주체적인 존재로 그려낸 것이 무척 미덥다.

어제 내가 무한 리필한 건

우울

스트레스

자책감

포기

오늘 내가 무한 리필한 건

희망

꿈

노력

위로

– 〈리필〉 전문

−

마이너스!

줄이자!　　늦잠 보따리

　　　　　　군것질 보따리

　　　　　　걱정 보따리

　　　　　　샘 보따리

　　　　　　나 구박 보따리

+

플러스!

늘리자!　　용기

　　　　　　연습

　　　　　　희망

　　　　　　웃음

　　　　　　나 칭찬

　　　　　　− 〈−+〉 전문

　그렇다고 해서 이 시집에 등장하는 주인공들이 모두 당당하고 주체적인 것은 아니다. 청소년기에 곧잘 발견되는 정서적 불안과 혼란을 노래한 작품도 많다. 〈리필〉은 그 가운데 하나로 시시각각

변화하는 청소년기 아이들의 감정을 잘 담아내고 있다. "어제 내가 무한 리필한 건", "오늘 내가 무한 리필한 건"에서 보듯이, 이 시의 화자는 자신을 그릇에 빗대어 "우울"과 "희망", "자책감"과 "노력" 등 상반된 감정들이 하루가 다르게 요동치는 모습을 표현하고 있다. 이는 표제작인 〈-+〉도 마찬가지이다. 이 작품은 수학 기호인 "-"와 "+"를 끌어와 정서적 동요를 겪고 있는 청소년들의 모습을 잘 보여주고 있다. 이 시에서 화자는 "늦잠 보따리", "걱정 보따리", "구박 보따리" 등 자신과 관련한 부정적인 요소들을 줄이고, 대신 "용기", "희망", "칭찬" 등 긍정적인 요소들을 늘리겠다고 말한다. 이처럼 이들 작품은 모두 청소년기의 불안정한 심리를 사실적으로 그려내고 있다. 그런 만큼 청소년 독자들과 소통할 가능성이 크다.

절망,
네게 영원한 벌을 내린다
희망을 죽였으므로

희망,
네게 최고의 상을 내린다
절망에 죽지 않았으므로
– 〈벌과 상〉 전문

그 많은 소식은

어디에서 오지?

      공장에서 오지

      과자공장

그 많은 인형같은사람들은

어디에서 오지?

      공장에서 오지

      인형공장

   – 〈그 많은〉 부분

    특수한 기호의 사용과 파격적인 행과 연의 배치는 이옥용 시의 주된 특징이다. 실제로 그는 지금까지 다양한 형식적 실험을 통해 자신만의 독특한 시 세계를 만들어왔다. 이는 이번 시집도 예외가 아니다. 이들은 그와 같은 시적 특징을 잘 보여주고 있다. 「벌과 상」은 2연 6행으로 이루어진 작품으로, 여러 개의 수사법이 동시에 쓰이고 있다. 먼저, 1연과 2연이 각각 3행으로 똑같고, 각각의 시행도 같은 구조의 문장들로 대구를 이루고 있다. 또한, "네게 영원한 벌을 내린다/희망을 죽였으므로"에서 보는 것처럼, 도치법을 사용해 문장에 변화를 주고 있다. 〈그 많은〉의 경우는 그보다 더

욱 파격적인 기법이 사용되고 있다. "그 많은 소식은/어디에서 오지?/공장에서 오지/소식공장"과 같이 모든 연이 같은 형식의 문답법으로 구성되었을 뿐만 아니라 각각 대구를 이루고 있다. 여기에 각 연의 3, 4행을 들여쓰기와 글씨체의 교체를 통해 시적 변화를 주고 있다.

이외에도 이 시집에는 "할 거야, 꼭!/잘하게 돼 있어/하자!"(〈오늘의 마법 주문〉), "네게 보낸다 이 풍경을/네게 보낸다 이 향기를/네게 보낸다 이 소리를"(〈숲속에서〉), "함박눈이 움직인다/아래로/아래로/아래로"(〈아래로 아래로〉), "출석은 잘했는데/생물 점수는 빵점/의욕적으로 공부했는데…/비장의 카드를 준비하자/밀려오는 잠도 줄이고"(〈출생의 비밀〉), "똥도//노!/력!/해!/야!//나온다"(〈…도〉) 등 반복법과 문답법을 비롯해 특수한 기호의 사용, 파격적인 행과 연의 배치, 글씨체의 변화와 같은 다양한 실험을 엿볼 수 있는 작품이 많다. 그 때문에 다소 생경하게 느껴지기도 하지만, 이들 작품은 이옥용의 시를 더욱 풍요롭고 자유롭게 만들어준다. 즉, 음악성을 더하고, 의미를 강조하는 등 그의 시에 생명을 불어넣는다. 특히 이 시집의 경우 그 기법이 이전보다 훨씬 다양하고 세련되어 있어 더 많은 즐거움과 감동을 주고 있다.

백성들은 임금님에게 하소연했어

"하늘에서 비 내려주셔서

땅에 씨앗 심고

땅 위에 집 짓고 사는데

땅과 하늘 벌주면

저희는 더는 살지 못합니다!"

임금님이 외쳤어

"어서 벌하라!"

병사들은 명령대로 했어

죄인들을 체포하고 처형했지

마지막으로 딱 둘만 남았어

병사들이 외쳤어

"땅, 네 죄를 알렸다?"

말이 떨어지기가 무섭게

땅이 쩍 갈라지며

궁전이 폭삭 내려앉았어

그리고 하늘에선 비가 쫙쫙 내렸지

- 〈어떤 독재자의 최후〉 부분

아마도 이 시집에서 가장 흥미로운 것은 바로 서술시(이야기시)

가 아닐까 싶다. 최근 우리 시에서 두드러지는 현상 가운데 하나는 산문화 경향이다. 그 원인이 무엇인지는 정확히 알 수 없지만, 기존의 방식으로는 개인의 정서를 온전히 표현하기가 어려워졌기 때문으로 보인다. 이 시는 총 46행으로 이루어졌으며, 제목에서 알 수 있듯이 '어떤 독재자의 최후'를 이야기하고 있다. 이 시에 등장하는 임금님은 무지하고 포악해 가뭄으로 백성들의 삶이 어려워졌음에도 이를 돌보지 않고 그저 자신의 "욕심 주머니"를 채우기에 급급하다. 그 결과 "땅도", "궁전도", "백성도" 모두 잃어버린다. 이처럼 이 작품은 알레고리 기법을 이용해 위정자의 어리석음을 날카롭게 비판하고 있다. "병사들은 명령대로 했어/죄인들을 체포하고 처형했지/마지막으로 딱 둘만 남았어"에서처럼, 화자가 독자에게 이야기를 들려주는 형식을 취하고 있는데, 내용과 형식은 불가분의 관계를 지닌다는 점에서 평소 시인의 관심사 및 사회의식이 어떠한지를 짐작하게 해준다.

이는 "뜻이 이렇게 길다니!/하지만 완전히 틀렸어!/다섯 번 봤는데/청문회는 서로우기기대회야"(《청문회》), "장미가 콧방귀를 뀌었다/"작품?/작품은 내가 등장하는 건데?/시랑 그림!""(《밥통과 장미》), "난 한 마디 명령만 내렸을 뿐이지만/저들은 그야말로 수많은 행동을 했소./죄라면 바로 저들이 지었소."(《책임》), "새싹이 돋듯 돈이 쑥쑥 솟아나왔지/둘은 미친 듯이 웃으며/돈을 모자와 옷 속에 집어넣었어/하지만 둘은 엉엉 울었어/더 이상 돈을 넣을 곳이 없었거든"(〈과자집과 돈집〉) 등에서도 쉽게 확인할 수 있다. 이들 역시 대부분 알레고리 기법을 사용하고 있는데, 이는 알레고리가 추상적인 개념을 지닌 시적 대상이나 사건을 구체적으로 드러내기에 적합한 양식이기 때문으로 보인다. 청소년기가 부모와 가정으로부터의 정신적 독립은 물론 사회적 책임과 의무에 대한 철학적 사고와 가치관을 확립해야 하는 시기라는 점에서, 이번 시집에 수록된 서술시가 갖는 의의는 특별하다고 할 수 있다.

3.

이옥용의 시는 언제나 특별하다. 그는 지금까지 꾸준히 자신만의 시 세계를 창조해 왔다. 그 때문에 기존의 여느 시편들과는 많은 차이가 있다. 이번 시집도 예외가 아니다. 더욱이 이번 시집엔 이전에 출간된 시집들과 달리 청소년을 대상으로 한 시편들이 수록되어 있다. 그런 만큼 다루고 있는 제재도 무척 다양하고, 표현 기법도 훨씬 세련된 모습을 지니고 있다. 특히 청소년들의 특성을 올바로 이해하고, 진솔한 자세로 대화를 시도하고 있는 것이 이 시집의 가장 큰 미덕이다.

나희덕은 어느 시인의 시 쓰기 행위를 "타인과 맺는 비밀의 나눔"(《한 접시의 시》, 창비, 2012)이라고 말한 적이 있다. 그에 따르면 시 쓰기는 세계와 불화를 겪는 타자들을 호명하고, 그들의 목소리에 귀를 기울이며, 재기발랄한 언어로 그들과 대화를 나누는 행위이다. 이 시집에는 시인 이옥용이 질풍 노도의 시기를 지나는 아이들과 나눈 내밀한 대화들로 가득하다. 늘 그랬듯이 이번 시집도 어디선가 홀로 막막한 시간과 싸우고 있을 그 누군가의 손을 살포시 잡아주기를 기대한다.

이옥용

독일 문학을 전공하고 아동문학 작가와 전문번역가로 활동하고 있다. 새벗문학상, 아동문학평론 신인문학상, 푸른문학상을 수상했다.

지은 책으로는 동시집 《고래와 래고》, 《알파고의 말》, 《나는 "나표" 멋쟁이!》, 동화책으로는 《내 사랑 치킨치킨》이 있다.

옮긴 책으로는 《아무리 먹어도 배고픈 사람》, 《여우는 거짓말 안 해!》 외 다수의 아동문학 작품과 시집 《나, 살아남았지》, 《헤르만 헤세 시집》, 청소년 소설 《집으로 가는 길》, 《2백년 전 악녀 일기가 발견되다》, 《데미안》, 소설 《두 번 태어나다》, 《젊은 베르테르의 슬픔》과 여러 권, 교양 도서 《우리 함께 죽음을 이야기하자》, 《동물은 왜?》, 《둥글둥글 지구촌 문화 이야기》가 있다.

현재 판타지 장편동화 《백설왕자》를 집필하고 있다.

이옥용 청소년 시집

초판 1쇄 펴낸 날 2022년 4월 29일

지은이 이옥용
펴낸이 권인수
펴낸 곳 도토리숲
출판등록 2012년 1월 25일(제313-2012-151호)

주소 (우)03940 서울시 마포구 월드컵북로 207, 302호(성산동 157-3)
전화 070-8879-5026 | **팩스** 02-337-5026
이메일 dotoribook@naver.com
인스타그램 @acorn_forest_book
블로그 http://blog.naver.com/dotoribook

기획편집 권병재 | **디자인** 새와나무

ISBN 979-11-85934-81-5 43810